LE RETOUR

DE NAPOLÉON.

IMPRIMERIE DE FAIN, PLACE DE L'ODÉON.

LE RETOUR

DE NAPOLÉON,

ODE PATRIOTIQUE;

Par M. LALLEMAND-BOISSOLON.

Venit, vidit, vicit.

Sans guerre, ainsi que sans alarmes,
Il a reconquis ses états :
Sa présence, voilà ses armes ;
Son regard, voilà ses soldats.
STROPHE V.

PARIS,

MARTINET, Libraire, rue du Coq Saint-Honoré ;
DELAUNAY, Libraire, Palais-Royal, galerie de bois ;
VENTE, Boulevart des Italiens ;
Et chez tous les Marchands de Nouveautés.

1815.

LE RETOUR

DE NAPOLÉON.

Sᴜʀ une plage révérée ,
Un cédre immense et glorieux,
Pour défendre au loin la contrée,
S'élevait, planté par les Dieux.
Étalant , sans craindre l'orage,
De son front prodigue d'ombrage
Le diadème verdissant ,
Le noble enfant de la montagne
Protégeait la vaste campagne,
Superbe et toujours grandissant.

Soudain , de leur prison lointaine ,
Vomissant l'hiver et le deuil ,
Les autans grondent vers la plaine
Où croît le cédre , son orgueil.
Ils sont ligués contre sa tête ,
Pour elle tout devient tempête....
Son feuillage auguste est souillé :
Le noble enfant de la montagne ,
Qui couvrait la vaste campagne ,
Languit , mourant et dépouillé !

D'une teinte riante et pure
Se colore le ciel calmé ,
Et bientôt , avec la nature ,
L'arbre monarque est ranimé.
Son front , que la feuille environne ,
A repris sa verte couronne....
Fils du hameau , bénis les cieux :
Le noble enfant de la montagne
Couvre encor la vaste campagne ,
De ses rameaux victorieux !

Ainsi l'enfant de la Victoire,
Jouet de l'affreuse saison,
A senti souffler sur sa gloire
Les autans de la trahison.
Il résiste ; enfin son courage,
Sans succomber, cède à l'orage....
Vous pleurez, généreux guerriers !
A l'espoir que vos cœurs renaissent ;
Ses brillans lauriers reparaissent,
Toujours brillans, toujours lauriers.

Sans guerre ainsi que sans alarmes,
Il a reconquis ses états :
Sa présence, voilà ses armes ;
Son regard, voilà ses soldats.
Il à ressaisi son empire....
Et déjà d'un premier sourire
Le printemps caresse Paris,
Dans ce jour doublement prospère,
Et par le triomphe du père,
Et par la naissance du fils.

Usages de la France antique,
Coutumes des siècles passés,
Vieilles mœurs d'un peuple gothique,
Ainsi que lui, disparaissez.
Une nation grandissante
Perd, dans sa marche adolescente,
Les lisières de son berceau :
Elle a changé ; changez comme elle ;
Il faut à la France nouvelle
Un prince, un régime nouveau.

Que, dépouillant son insolence,
Avec le droit de commander,
L'Église garde le silence
Qu'elle aurait dû toujours garder.
De la tonsure impérieuse
L'hypocrisie audacieuse
Ne répandra plus son poison,
Et le fanatisme profane
N'insultera plus, en soutane,
Dieu, les hommes et la raison.

Et vous qui , charmant notre scène
Par vos grâces , par vos talens ,
De Thalie et de Melpomène
Nous interprétez les accens :
Ne craignez plus qu'un prêtre impie ,
D'une sacrilége infamie
Désormais cherche à vous flétrir ;
Votre vie, aux arts consacrée,
Coulera d'honneurs entourée....
Et du moins vous pourrez mourir !

De ses chaînes débarrassée,
Et fière de s'appartenir ,
La pure, la libre pensée
Toute entière ose enfin jaillir.
Rompant son entrave adultère ,
La voyez-vous , quittant la terre ,
Et s'élançant vers l'Éternel ,
Sur l'obscur océan du monde
Verser sa lumière féconde ,
Puisée à la source du ciel !

Que la Grèce si fabuleuse,
Vantant ses Cyclades, ses flots,
Soit moins vaine et moins orgueilleuse;
Nous aussi, nous avons Délos.
Ile, par César illustrée,
Vois-tu, sur ta rive sacrée
Le voyageur de loin porté,
Courir, abandonnant sa barque,
Sur le rocher de ton monarque
Respirer l'immortalité?

L'histoire, en disant les murailles
Que soumit sa rare valeur,
Comptera parmi ses batailles,
Son combat contre le malheur.
Sublime effort! Vaillance insigne!
Ah! s'il est un spectacle digne
Des yeux de la Divinité,
Croyons en l'écrivain de Rome*,
C'est le noble assaut d'un grand homme
Qui lutte avec l'adversité.

* Sénèque.

Après la leçon des tempêtes,
Le nocher connaît mieux les flots;
Souvent, ainsi que les conquêtes,
L'infortune fait les héros.
O fils des Dieux! ta renommée,
Par tes heureux exploits semée,
Ombrageait au loin l'univers;
Dans ta course immense et rapide,
Pour être tout-à-fait Alcide,
Il ne te manquait qu'un revers.

Et moi, qui chantai ta victoire,
Ton retour partout imploré,
Je coulerai des jours sans gloire,
De César toujours ignoré.
Je n'ai qu'un asile champêtre;
Mais fier du grand homme, mon maître,
J'admire, en bénissant les cieux:
Le noble enfant de la montagne
Couvre encor la vaste campagne,
De ses rameaux victorieux!